西村祐見子童謡集

# せいざの なまえ

選・矢崎　節夫
装丁挿絵・高畠　純

西村祐見子近影

# 澄《す》んだまなざし

武鹿悦子

西村祐見子《にしむらゆみこ》さんの詩集が出るとうかがった時から、私は、この日を待ちわびていました。

これまで、西村さんの詩をほとんど知らずにいた私は、幸運にも矢崎節夫《やざきせつお》氏に師事《しじ》し、師とともに長く金子みすゞの世界に関《かか》わってこられた西村さんが、どのような世界を見せてくださるのだろうかと、期待に胸《むね》をふくらませていたのです。

詩集『せいざの　なまえ』は、西村祐見子さんの第一詩集です。詩人としての呱呱《ここ》の声です。西村さんのそれは、なんと優《やさ》しく、力強いひびきを明けゆく空に放ったことでしょう。

詩集に住むひとりの少女が、思いのままにのびやかに歌い上げる四十四の詩篇《しへん》たち。

「ことり」のような、生の喜びにあふれた詩もあります。こわされた自然に怒《いか》りを訴《うった》える「木」のような詩もあります。「たけのこ」のような、ちょっと怖《こわ》いユーモアをたたえた、楽しい詩もあります。「おふろの　うた」のような、無邪気《むじゃき》でかわいらしい詩もあります。

「玉ねぎ」のような、鋭《するど》い感覚的《かんかくてき》な詩もあります。はし立てのなかのわりばしを歌った「小さな林」など読んでいると、つくづく、この詩人のはりつめた細やかな心の働《はたら》きに打たれます。

一度きりで／使いすてられる／はしたてのなかは／小さな林

と、詩人は、この詩を結《むす》んでいます。けっして叫《さけ》ばず、淡々《たんたん》と。

小さな林が、いつも林であるために切り倒《たお》される木、失《うしな》われていく森や林をみつめる詩人の深い悲しみが、叫びを越《こ》えて、いっそう鮮《あざ》やかに伝わってきます。

私は、嬉《うれ》しく満《み》ち足りて詩集を閉《と》じます。初々《ういうい》しさが香り立つようでした。

ほんとうに美しいもの、純粋《じゅんすい》なものが見えづらい今の時代に、こんなにも澄んだまなざしと、よくひびく柔《やわ》らかな心を持ちつづけることは、たいへんなことです。そして、それこそが、詩人としての未来を創《つく》る西村祐見子さんの、すぐれた資質《ししつ》なのでしょう。

# せいざの　なまえ・目次

## せいざの　なまえ

# ことり

# ことり

かみさまの
ふえから　うまれた
ことり
ことり
もりの　なかへ
とんで　いった
とんで　いって
うたに　なった

かみさまの
ふえから　うまれた
ことり
ことり
もりで　いまも
うれしくって
うれしくって
うたって　いる

ほん

ほんだなでは
いつも　つぼみ
てに　とると
ゆっくりと　ひらいていく
だいりんの　はな

わたしの　ゆびは
みつばち
はなびらの　ことばに
うれしそうに
とんでいる

# はっぱ

はっぱが
かぜに　ふかれたら
ふしぎな　いいおと
　さら　さら　さら　ら
はっぱの　なかには
いつかの
あめの　おとが　はいってる

はっぱが
かぜに　ふかれたら
かすかな　ひかり
　ちり　ちり　ちり　り
はっぱの　なかには
いつかの
ほしの　つぶが　はいってる

木

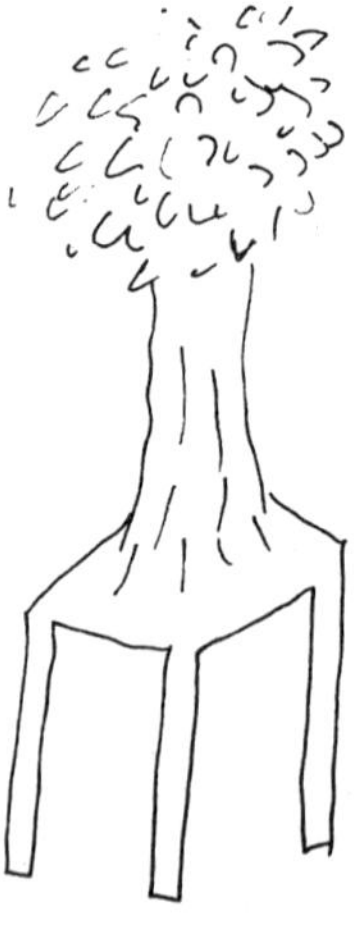

木で　紙を
木で　えんぴつを
木で　テーブルを　いすを
ひとは　つくりました
つぎから　つぎへ
手品師《てじなし》のように

紙を　はっぱに
えんぴつを　えだに
テーブル、いすは　太い幹《みき》に
だれか　つくって！
もとの　木に
かみさまのように

# はっぱと　ぼく

はっぱを　みてたら
そのなかに
かあさんの　木を
みつけたよ
まんなか　まっすぐ
ふとい　みき
そこから　たくさん
ほそい　えだ

はっぱを　みてたら
ぼくのなか
かあさんの　こえが
きこえたよ
「もう　ゆうごはん
かえって　おいで」
あったかい　こえが
きこえたよ

# 紙

さくさく　さくり
さく　さくり
はさみが　紙を
きっていく

紙は　そのとき　おもいだす
土に　かれはが　おちるおと
りすが　かれはを　あるくおと

さくさく　さくり
さく　さくり
はさみが　紙を
きっていく
紙は　そのとき　おもいだす
どんなに　森から　はなれても
わすれられない　あしおとを

# みどりの　プロペラ

土から
ちょっとでも　うえは
もう　空！
とても　いうように
ふたばの　プロペラ
また　ひとつ　ひらいて
きょうも
このほしを　うかべているよ

土から
どんなに　のびても
まだ　空！
とても　いうように
みどりの　プロペラ
ぐんぐん　のばして
あしたも
このほしを　うかべていくよ

したから　うえに

したから　うえに

ひるがおの　なかを
みずは　うえに

いちばん　したの
葉を　うるおして
それから　うえに
ひとつ　うえに

ひるがおを　みている
わたしの　なかで

この　かなしみも
いつか　うるおって
そこから　うえに
ひとつ　うえに

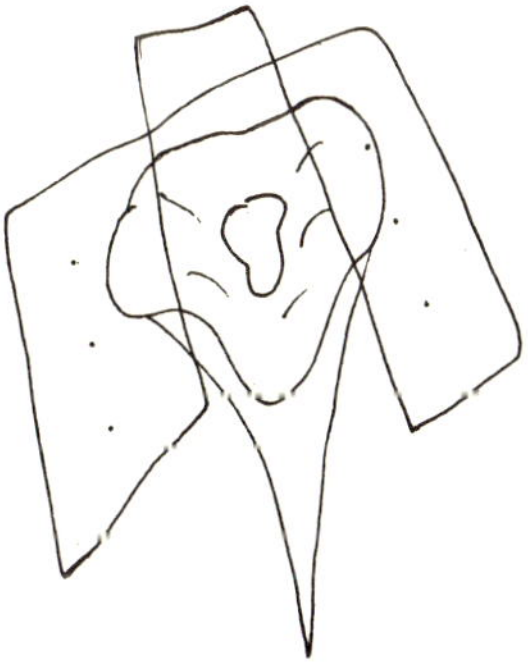

# にじと　こだま

にじを　みつけた　ひとたちは
ただ　うれしくて
たちどまる

「にじだ」
「にじだよ」

「にじだ」
「にじだよ…」

そらの　むこうで
いちばんに
にじを　みつけた
かみさまの
かわいい　こだまの
ひとりに　なって

# かぜと　ふうりん

ふうりんの音《ね》が
ききたくて
かぜは　なんども
おとずれる
すんだ　やさしい音を　きくと
じぶんも　やさしく
なるようで

いつでも　かぜに
あいたくて
ふうりんは　しずかに
まっている
じぶんが　やさしく　鳴れるのは
かぜの　おかげと
おもうから

ひるがお

うらにわの
くさの　なか
ひるがおは
どこかへ　つづく
ひみつの　トンネル

ありが　いっぴき
はいって　いって
まっても
まっても
かえって　こない

# ぬけがら

はっぱの　うえに
せみの　ぬけがら
ひとつ

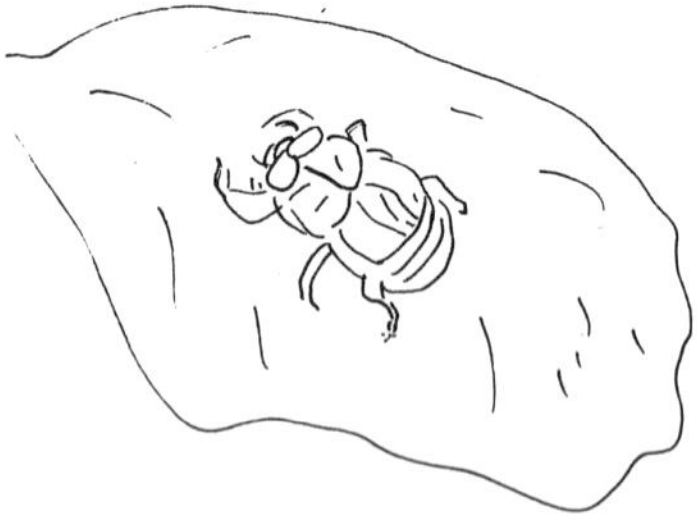

きんいろの
あめざいくに
くるまっていたのは
なつの　メロディー

あーあ
もう　ぜんぶ
ぜーんぶ
でていっちゃった

## たけのこ

たけの　はやしに
いち
にい
さん
ちいさな　サーカス
やってきた
ちゃいろい　テントの
てっぺんに
みどりの　はたが
たっている

サーカス　おわった
あさ　はやく
とうさん　たけのこ
とってきた
ふたつに　わったら
しい
ごお
ろく
きゃくせきだけが
のこってる

# しんこきゅう

木は
しんこきゅうしている
うでを　のばして
そらを　みあげて
ほら
ことりが　かぜが
うれしそうに
やってくる

わたしも
しんこきゅうしてみる
めを　つぶって
みみを　すまして
あっ
この　ほしも　いっしょに
しんこきゅう
している

# 秋

からだの　みずを
すこしずつ
そらに　かえして
木の葉は　ふっと
かるくなる
もう　なんにも　もたないで
いつでも　どこへでも
とんで　いけるように

からだの　みどりを
すこしずつ
そらに　かえして
木の葉は　じぶんの
いろになる
もう　なんにも　もたないで
いつでも　どこへでも
とんで　いけるように

こくばん

# こくばん

こくばんは
ふかい
ふかい
うみ

せんせいは
りょうしさん
いろんな　ことばを
つりあげて
ぼくたちを
びっくりさせる

# したじき

ノートを　ひらくと
どこからか
まってました　と
やってくる
したじきって
にんじゃだよ
こっそり　かみと　えんぴつの
ひそひそばなしを　ききにくる

ノートを　ひらくと
どこからか
かげみたいに　ね
しのびこむ
したじきって
にんじゃだよ
ひっぱりだしても　どうどうと
うらもおもても　しらんかお

# けしごむ

すまなそうにしている
まちがいを
みつけると
すぐに　とんでくる
だいじょうぶだよって
ごしごしごし
あたまを　なでに
きてくれる

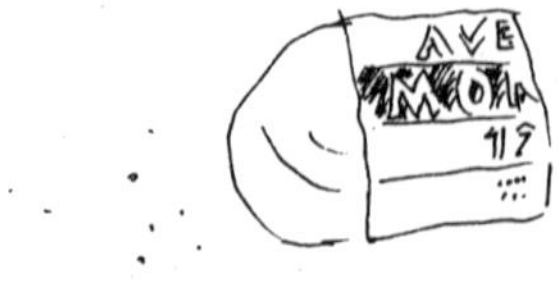

けしごむのしたで
まちがいは
きえてしまった
わけじゃない
ちいさな　さなぎに
くるまれて
とびたつ　ときを
まっている

くぎ

だれか
かべに
小さな　目印《めじるし》だけ
のこして

たんけんに
いったまま
まだ　かえらない

## あくび

のどの　おくから
おおきな　なみが
どどどど　どおん　と
やってくる
ねむくなるとき
ぼくの　のど
うみと　つながって
いるのかな

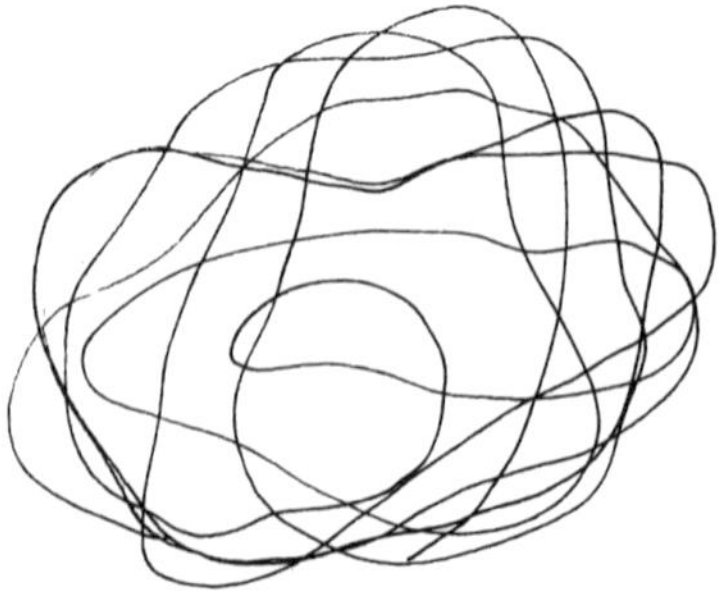

なみは　しずかに
ぼくの　めに
しゅわしゅわしゅわっと
よせてくる
ねむくなるとき
ぼくの　めも
うみと　つながって
いるのかな

# おふろの　うた

ぼくが
はいると
おふろの　おゆが
ちゃぷちゃぷちゃぷちゃぷって
うたいだす
まってたよ
きょうも
よごれんぼで　きたね

おふろを
でるとき
ぼくから　ゆげが
ほわほわほわほわって
うたいだす
まっててね
あしたも
よごれんぼで　くるよ

# つきの　ボタン

よぞらの　つきは
ボタン
宇宙《うちゅう》の　シャツの
はしっこを
ひとつに
ひとつに
かさねてる

よぞらの　つきは
ボタン
宇宙の　シャツを
くぐってさ
ゆっくり
ゆっくり
みえてくる

# マスク

なんにも　かいては
ないのにね
かぜひいたの？　って
きかれます
マスクは
しろい　かんばん
かぜひきさん　って
かいてある

なんにも　かいては
ないのにね
とおくで　みても
すぐわかる
マスクは
やさしい　かんばん
きたかぜさんも
よけていく

# せいざの　なまえ

## せいざの　なまえ

ちきゅうは
なんていう
せいざの　ひとつ？

どの　ほしと
つながって
ひとつの　せいざ？

とおい　ほしで
ちきゅうを　みている
だれかさんと
おしえあいたい

はなれていても
ひとりきりじゃない
てを　つなぎあう
せいざの　なまえ

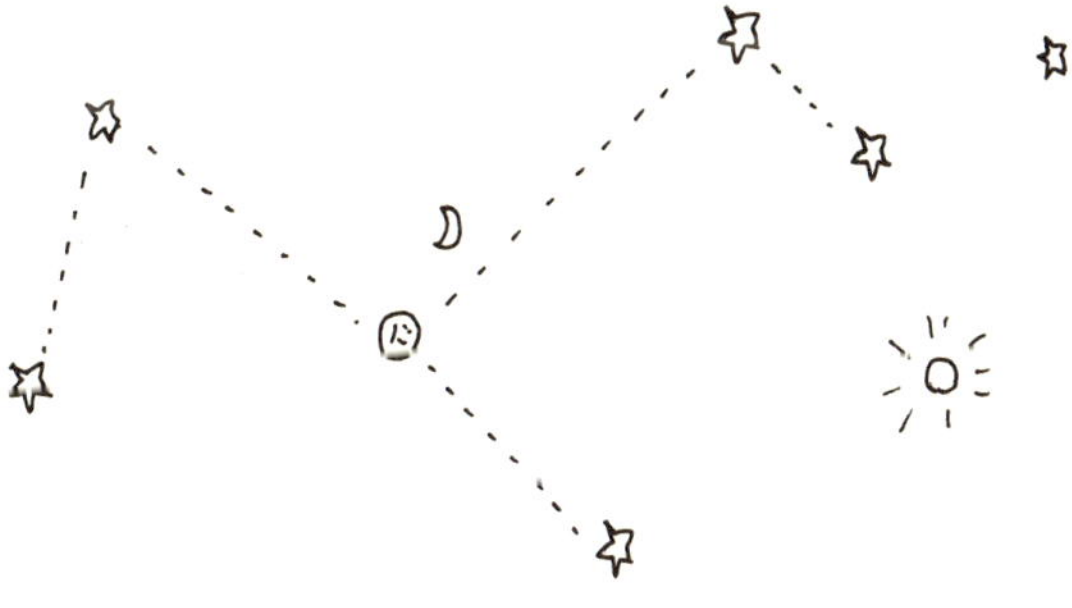

# ほし

ほしは
うかんでいる

だれも
どこも
底《そこ》に　ならないように

アスファルトの下の
土の中にも

いつまでも
あわの　きえない
川の中にも

生きている
いのちが　あるから

## りんご

りんごが
わらっている

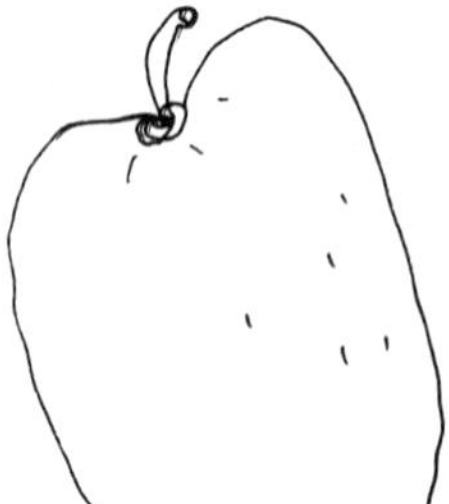

かたほうの　えくぼを
わたしの　てのひらに
くっつけて

もう　かたほうの　えくぼを
そらに　むけて

くすくす
くすくす
くすぐったいような
わらいごえを
あかい　ほっぺた　いっぱいに
つつんで

# 玉ねぎ

玉ねぎを
よこに　きると

そこには
わきでる
いずみ

見えない
水の輪《わ》が
あふれて
あふれて

わたしは
めを　とじたまま
うごけなくなる

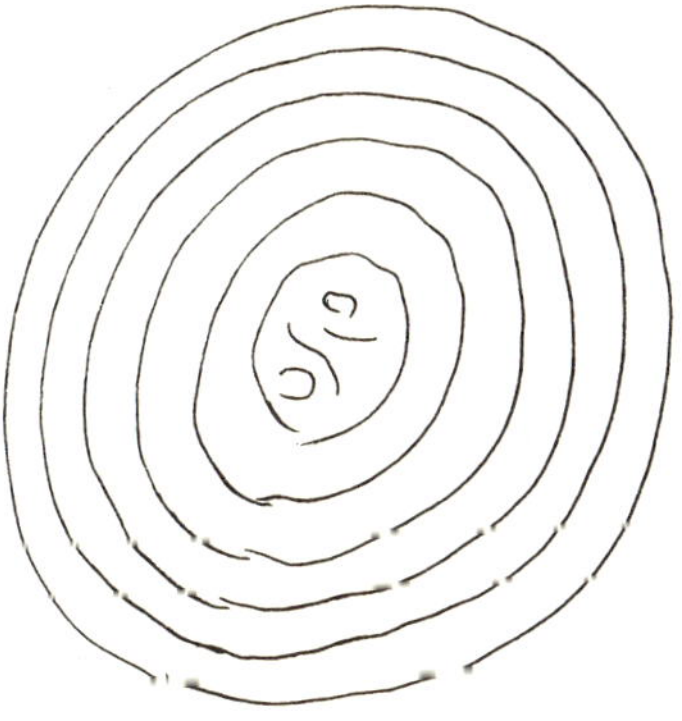

# つち

ゆきが　ふるふる
ふるように
つちも　ずうっと
その　むかし
そらから　ふって　きたのかな
ゆきは　とけても
くろい　つち
しずかな　かおで
つもってる

ゆきが　ふるふる
ふるように
つちも　ずうっと
その　むかし
そらの　うえに　いたのかな
ゆきの　したの
くろい　つち
そらの　においが
しているよ

# なみだ

とおい　ひ
海から　はなれてくるときに
分けてもらった
ちいさな　海
かなしいとき
だれよりも　はやく
なぐさめに　きてくれる

とおい　ひ
海から　こころのポケットに
もたせてもらった
ちいさな　おまもり
むねは　まだ
いたいけど
ほっぺたが　あたたかい

# ゆび

いのりの　とき
むねの　まえで
あわせた　ゆびは
五つの　しろい　塔《とう》になる

それぞれの　たかさに
ひとつずつ　まどが　あって
やさしい　ひかりが　もれている

いのりの　とき
わたしの　ゆびは
それぞれの　とおくを　みつめて
いのっている

わたしが　わたしのことを
いのっている　ときにも

# 小さな林

# 小さな林

はしたてのなかの
わりばしは
小さな林

もう　風にさわぐ　葉はないけれど
もう　空にのびる　枝《えだ》はないけれど

パキン、とわると
ほら
野山のにおいがするでしょう

長い年月をかけて
緑の木々を育ててきた
ふるさとの
山のにおいがするでしょう

一度きりで
使いすてられる
はしたてのなかは
小さな林

あいづち

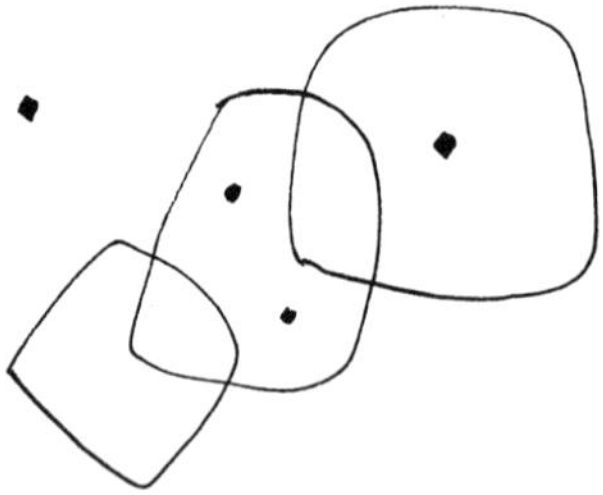

はなしている人の
こころに
きいている　わたしの
こころに

そっと
はさんでいく

それは
小さな　しおりです

# キャベツ

はねの　ほしいかた
キャベツばたけへ
どうぞ

ちいさいのから
じゅんに　かさねて
まるまる　ぜんぶ
はねばっかり

いろは
みどり　いっしょくですが
はねの　ほしいかた
キャベツばたけへ
どうぞ

# かくれんぼ

みつからないよう
じっとして
かくれているのに
きこえだす

むねの　おとが　ね
ドキ
ドキ
ドキ
ふしぎに　おおきくなって
ドキ
ドキ
ドキ

ここよ　ここよって
いってるの
みつけに　きてって
いってるの

うみ

あめの　ひ
そらと
うみが
とけあって
はいいろだけに
なっちゃった

だれか
どこかに　ながされた
水平線を
つりあげて！

# きょう

あさ　めがさめたら
さかなも
ことりも
はなも
ぼくも
みんなが　もらえる
おくりもの
おんなじで
べつべつの
「きょう」

よる　めをつむるとき
あかちゃんも
おじいちゃんも
ポチも
ミケも
みんなが　もらえる
おくりもの
おもいだしたら
ドキドキ！　の
「きょう」

# 木の葉

春から　夏まで
編《あ》みました
みどりの木の葉の
おようふく
みんなが　やすんで
いけるよう
いっしょに　木かげも
編みました

秋から　冬には
ぬぎました
ちゃいろい木の葉の
おようふく
春まで　ねている
草の芽《め》の
もうふに　かけて
あげました

# ほたるぶくろ

ほたるぶくろ

そのなかから
どんなに　だいじな
おとしものを　したのでしょう
みんなして　うつむいて
ただ　ためいきばかりが
きこえてきます

ゆきやなぎ

つまさきから
てっぺんまで
ぜーんぶ　はなびらの

はるの　ふんすい

うれしくて
うれしくて
あっちむいたり
こっちむいたり

はるかぜと
ずっと　おしゃべりしています

きぬさやえんどう

小さな　みどりの
くつしたを
きれいに　あらって
ほしたまま
とりに　こないの
だれかしら

はだしの　あしが
うれしくて
みどりの　くつした
ほしたまま
わすれて　あそんで
いるのかな

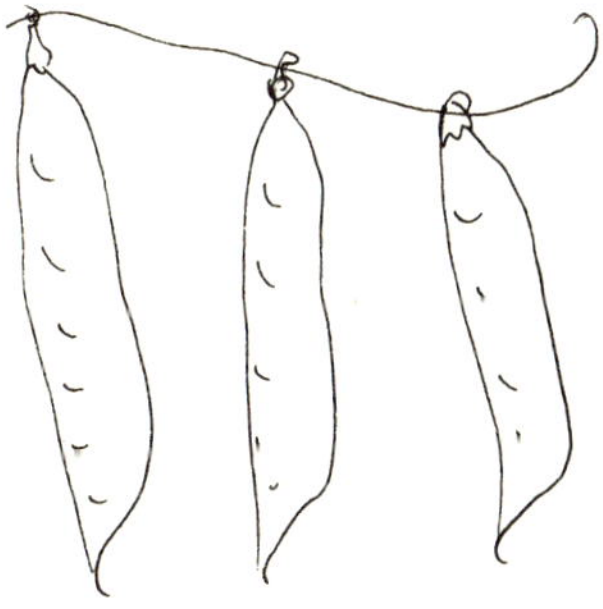

# なずな

はるの　のはらで
ねむくなるのは
なずなが
こもりうたを　ひいているから
たくさんの
たくさんの
みどりの　ばちで
あたたかい　きんの　ひかり
ひいているから

はるの　のはらで
ねむくなるのは
なずなが
こもりうたを　うたっているから
しろい　はなの
かんむりを
みんなで　つけて
みみもとで　はるの　コーラス
うたっているから

# かいがら

うみのなかには
おはなが　さいて
いるのでしょう?
はまに　つくのは
まだ　つぼみだけど
くるくる　うずまき
かいがら　ひとつ

うみのなかには
おはなが　さいて
いるのでしょう？
はまに　つくのは
ちった　はなびらだけど
ひらひら　ももいろ
かいがら　ひとつ

はさみ

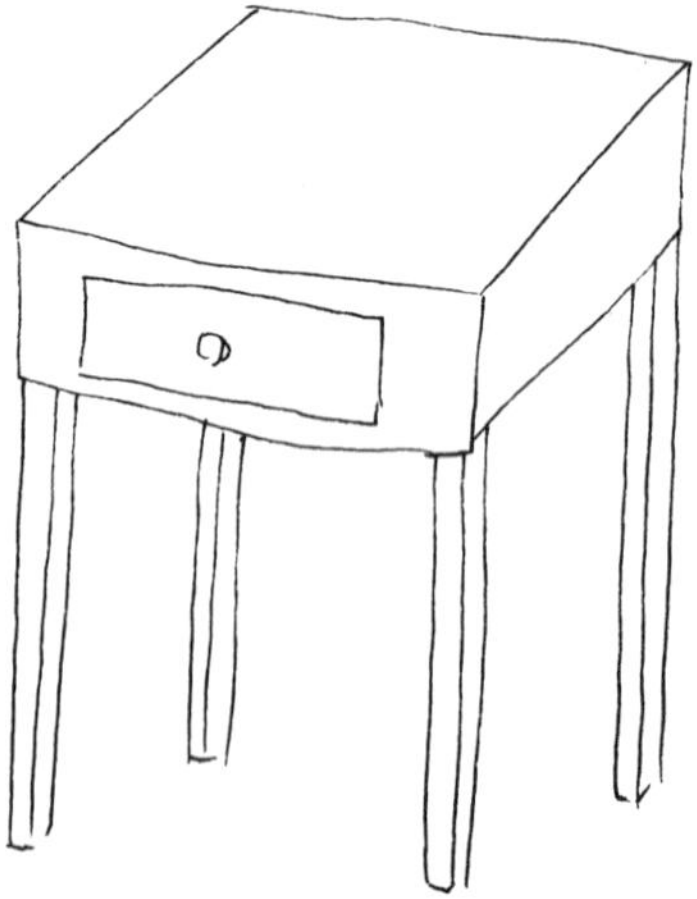

「はなればなれに
したものを
いつか　こうして
むすびたい」

つくえの　なかで
はさみは　ひとり
りぼんむすびに
なっている

# きくの　はな

おぶつだんの
きくのはな
しんと　する
におい

はなびらは
みんな
ふねの　かたち

いろんなものを
のせて
もう　どこへでも
いける

おぶつだんの
おばあちゃん
はなの　ように
わらってる

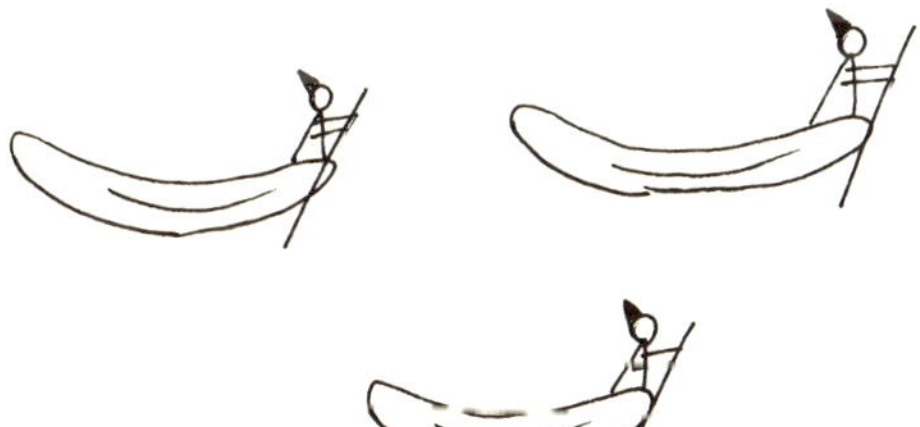

# 『せいざの　なまえ』によせて

矢崎節夫

『せいざの　なまえ』は、西村祐見子《にしむらゆみこ》さんの第一童謡集《どうようしゅう》です。わたしは西村さんの童謡が大好きです。

それは、わたしたちのまわりにあるものがすべて、こんなにも美しく、感動的《かんどうてき》であることを思い出させてくれるからですが、それだけではなく、わたしの内にある、うれしいことやなつかしいことが、コトコトと動き出して、とても倖《しあわ》せな気持ちになれるからです。

今、このように倖せにしてくれる童謡に出合えることは、大変まれなことなのです。

西村祐見子さんは、一九六五年三月八日、福岡県《ふくおかけん》に生まれました。お父さん、お母さん、おばあさん、お兄さんの五人家族でした。三歳の時、神奈川県《かながわけん》に引っ越しし、最初《さいしょ》は町中での生活でしたが、お父さんが経営《けいえい》する工場を山の方に移転《いてん》したため、一家もいっしょに移《うつ》りました。この頃《ころ》のことを、手紙の中で次のように書いてくれています。

「私は、十代のほとんどを、山の上にある一軒家《いっけんや》ですごしました。まわりは雑木《ぞうき》と、みかん畑で、春には梅《うめ》の香りにつつまれ、六月の梅雨《つゆ》の頃にはクリーム色のみかんの花がいっせいに咲《さ》いて、ジャスミンのように甘《あま》い香りでいっぱいになりました。

みかんの花の香りは、夜、いっそう強くなるようで、よく、窓を開けて花の香りの中で眠《ねむ》りにつくような生活をしていました。夏は、数種類《すうしゅるい》の蝉《せみ》が、時間と時期を少しずつ、ずらしながら鳴くのを聞き、秋は、信じられないほどにぎやかな虫の声でいっぱいでした。

人間以外《いがい》の生き物が先住《せんじゅう》しているところへ、私たち一家が間借《まが》りしているようなもので、この頃に、たくさんの植物や生き物の美しさを見て育つことができたのは、本当に倖せだったと思います。

学校へはバスで、一時間に一本しかないようなところでした」

こんな西村さんが童謡の世界に出合ったのは、十代の終わりでした。それまで興味《きょうみ》のあった児童心理《じどうしんり》と絵本について学びたいと思った西村さんは、東京の日本児童教育専門学校絵本科《にほんじどうきょういくせんもんがっこうえほんか》に進んだのです。

本当は、人として一番大切な小さい時期に、何を伝《つた》えてあげられるかはすでに分析《ぶんせき》され、学問として確立《かくりつ》していて、それが学べると思って入学したのだそうです。「でも、今思えば当たり前のことですが、それぞれ違《ちが》う個性《こせい》を持った小さい人のこころに、マニュアルのように与《あた》えられるものなど、あるはずがなかったのです。そして、私が求《もと》めていたものは、こうしたところにあるものではないことを知りました」とのことです。

学校では、絵を描《か》く毎日が続き、やっとここが絵本作家を夢見《ゆめみ》ている人たちの学校だと気づいたそうです。

絵本をつくるためには、お話も自分でつくらなければなりません。そのために、週に一時間だけ「文章作法《ぶんしょうさほう》」という授業《じゅぎょう》がありました。じつは、この時間を担当《たんとう》していたのが、わたしだったのです。絵本や童話しか知らない若い人たちに、「文章作法」とは名ばかりで、童謡のすばらしさをいっしんに話していたように思います。この頃のことを、西村さんがある雑誌にこんなふうに書いています。

「『文章作法』の先生はほんの数分、原稿用紙《げんこうようし》の使い方を教え、あとはたくさんのお話をしてくださいました。ご自身が童謡を書かれる方であること。素直《すなお》になることはむずかしいことではないということ。それから師《し》である佐藤義美《さとうよしみ》先生やまど・みちお先生の童謡を、大好《だいす》きな作品として、いくつも教えてくださいました。

私はその時のショックを、今も忘れられません。一瞬《いっしゅん》にして、私を広々とした童謡の世界へと連《つ》れていってくれたのです。そして、自分が本当は何を求めていたのかに気づかされたのです」

当時の絵本科の人たちは、誰もがいい表情をしていたのですが、その中でも、西村さんはこの頃でもめずらしい、きれいなまなざしをした健康的《けんこうてき》な少女らしい少女でした。いつも前から二列目のまん中で、一生懸命《いっしょうけんめい》わたしの話を聞いてくれていました。しかし、絵本科でしたので、まさかこの時には、この少女のこころに童謡へのあかりがともっていたとはわかりませんでした。

一年の終わりに、それぞれ好きなものを書いて出してもらいました。みんな童話のようなものを書いていたのですが、一人だけ、童謡を提出《ていしゅつ》した少女がいました。それが西村祐見子さんだったのです。
「つえ」という作品でした。

だれも　しらない
秋のひ
柿《かき》の木に
ねこが　のぼっていたこと

だれも　しらない
ゆうやけの　なか
ばあちゃんが　つえついて
さんぽしていたこと

だれも　しらない
もう　あるけない　ばあちゃんを
見《み》舞《ま》うの　つらくて
ないたこと

この作品を読むと、わたしはすぐに西村さんを呼んでたずねました。「童謡をいっしょに勉強してみる」「はい」

それから数日後、はじらうようにして見せてくれたのが、この童謡集に載《の》っている「小さな林」でした。この作品は、一九八五年八月号の『児童文芸《じどうぶんげい》』（日本児童文芸家協会《にほんじどうぶんげいかきょうかい》）の「あなたの童謡欄《どうようらん》」に「わりばし」という題で入選《にゅうせん》、同年十二月発行の『こどもポエムランド・四年生・ぶどう色の空の下で』（日本児童文芸家協会・教育出《しゅっ》版《ぱん》センター）にも、「小さな林」として取り上げられたのです。

さらに、一九九二年度版の『小学国語』四年上（教育出版）の教科書にも採用《さいよう》されたのです。自分の作品が、こうして人から人へと、感動の輪《わ》を広げていくことを一番驚《おどろ》いたのは、きっと西村祐見子さん自身だったでしょう。

絵本科、研究科《けんきゅうか》と卒業《そつぎょう》し、「勉強できるうちは勉強させてもらいなさい」という理解《りかい》あるご両親《りょうしん》のもと、『キンダーおはなしえほん』『キンダーメルヘン』（フレーベル館《かん》）など、月刊誌《げっかんし》で絵本のお話を書きながら、「まず童謡が先、童話はその後で」というわたしのことばをしっかりと受けとめて、まっすぐに童謡創作《そうさく》の道を歩いてきてくれました。

『せいざの　なまえ』は、もっと早く出版されるはずだったのですが、金子みすゞの甦《よみがえ》りのお手伝いに多くの時間をついやしてもらったため、遅《おく》れ遅れになり、その上、創作の時間さえけずってきたことを申《もう》し訳《わけ》なく思います。

ともあれ、西村祐見子さんの第一歩はふみだされました。四十四編の作品の表情《ひょうじょう》は多様《たよう》ですが、それだけに、これからどんな深まりを見せてくれるか、とても楽しみです。

長い間待たれていた、真《しん》に純粋《じゅんすい》なまなざしを持った新しい童謡詩人の出発に、こころから大きな拍手《はくしゅ》を送ります。

西村祐見子童謡集

せいざの なまえ

著者 西村祐見子／選者 矢崎節夫

発行日 2000年12月25日 第1刷
発行者 大村祐子
発行所 JULA出版局
〒171-0033 東京都豊島区高田3-3-22 ☎03-3200-7795
印刷所 新日本印刷株式会社
製本所 小高製本工業株式会社
編集制作 川嶋あゆみ